DOCES DE SANTO, CONTOS DE RUA

CAMILA PERLINGEIRO • FÁBIO CARVALHO • IVAN COSTA • JÚLIA VILHENA
LUIZ RUFINO • MARCELLA SARUBI • RAQUEL MENEZES

SUMÁRIO

CORRER ATRÁS DE DOCE OU DOS SONHOS ANCESTRAIS DE SER COMUNIDADE

LUIZ RUFINO

Entre as várias histórias que compõem a literatura oral dos povos iorubá, populações essas que contribuíram significativamente com a formação de parte das tradições afro-brasileiras, existe uma que conta que, quando o mundo foi criado, os orixás o habitavam. Dessa forma, os orixás viviam nesse mundo que estamos e conhecemos, o ayê, e por aqui desfrutavam de boa vida sem muitas preocupações. O modo de sentir, pensar e fazer as coisas para os iorubá assume as contradições, ambivalências e relação nas diferenças, por isso Olodumarê, vendo que as coisas estavam muito tranquilas, admitiu que uma presença contrária aquilo que os orixás eram, viesse e ficasse no mesmo lugar onde eles estavam.

Essa presença tinha o nome de Osogbo e era dotada de uma astúcia maldosa que rapidamente deixou sua marca no ambiente. Porém, apesar de todos sentirem os efeitos, não conseguiam perceber que estavam a compartilhar o mesmos espaços e tempos com ela. Os orixás, mesmo dotados de muitas virtudes e poderes, não conseguiam identificar aquilo que estava a causar marcas negativas no mundo. Osogbo, por onde passava, causava certo descompasso: se encontrava alegria logo deixava desavença, ao encontrar saúde convidava a doença a entrar em cena, se visse a união logo convocava a solidão para fazer parte e por aí ia aprontando um monte de confusões.

É verdade que a vida aqui é pensada como um equilíbrio dinâmico, entretanto Osogbo vinha exagerando, praticando um bocado de excessos. Suas ações acabaram trazendo impactos muito negativos para o mundo. Osogbo se sentia seguro ao fazer essas coisas, pois ele tinha um poder singular: era capaz de não ser percebido pelos orixás e por isso entrava, saía sorrateiramente e ninguém dava conta de confrontá-lo. Diante da constatação de que as coisas não iam muito bem, mas sem saber o que fazer, os orixás foram a Orunmilá consultar o oráculo de Ifá. Orunmilá, senhor da sabedoria, ao consultar o oráculo sempre trazia boas palavras para os problemas apresentados. Dessa maneira, o problema foi levado ao oráculo e a resposta foi dada: a saída do problema está com os Ibejis.

Os Ibejis, orixás crianças e gêmeos, são danados, agitados, comilões, pregadores de peças e têm todos os atributos que quem mede a competência pela métrica do ser adulto não é capaz de reconhecer. Nesse caso era diferente: os orixás sabiam que os Ibejis eram necessários na busca por desatar aquele nó apertado. Assim, fizeram um trato com os Ibejis. Vieram todos os orixás, do brincante Exu ao senhor da paz Oxalá, da amorosa mãe Oxum até mais velha yabá Nanã. Todos os orixás espalharam brinquedos, caruru, cocadas e quindins por todos os quatro cantos do mundo. A estratégia era que os Ibejis saíssem pelo mundo correndo atrás de farra, doçura e fossem capazes de, no meio desse fuzuê, encontrar Osogbo e desatassem os apertos daquele aperreio todo.

Osogbo, ao ver que, por onde ia, encontrava pião, bola de gude, peteca, cocada, quindim, entre outras marcas da alegria, começou a ficar preocupado e passou a andar meio de banda e se escondendo pelos cantos. Fazia isso porque sabia, que ao contrário dos outros orixás, os Ibejis seriam capazes de vê-lo e denunciá-lo aos quatro ventos. Daí, não deu outra, Osogbo ia se amontoando atrás de uma árvore quando uma das crianças gritou: "Pega ele!". Osogbo correu, se tacou dentro do rio e o outro gêmeo exclamou: "Ali, ele tá ali!".

A algazarra dos Ibejis chamou a atenção de todos os orixás, que imediatamente tomaram a frente daquela situação e passaram a perseguir Osogbo. Não teve mais astúcia sorrateira e maneira de não ser percebido diante da sensibilidade dos Ibejis. Osogbo preferiu ir embora daquele lugar, pois, diante do encanto, suas astúcias de maldade não sobressaíam.

No Brasil, a devoção a São Cosme e São Damião é bastante forte. Destaco aqui a vivida na cidade do Rio de Janeiro, na região metropolitana e em outras cidades do interior do estado. No dia 27 de setembro, se celebram os santos meninos distribuindo doces para as crianças nas ruas, quintais, terreiros e em festividades nos interiores das casas. A devoção a São Cosme e Damião chegou ao Brasil trazida pela coroa portuguesa. A colonização do Brasil não é compreendida como um encontro afável entre diferentes culturas. Apesar de a presença dos santos católicos serem uma marca da presença portuguesa, a devoção a São Cosme e São Damião catalisou experiências diversas de outras tradições, que atravessaram os modos de fazer cotidianos da realidade desse país. Sabemos que o modo de celebrar a data dedicada aos santos tem forte contribuição das tradições afro-brasileiras, principalmente das tradições de terreiros dos candomblés e das umbandas. Nos candomblés, a memória e a devoção ao orixá Ibejis é algo presente; nas umbandas se cultuam a falange de erê ou ibeijada, uma linha vibratória na qual confluem espiritualidades infantis que acentuam a força e a vitalidade do modo de ser criança.

Entre diferentes cruzos, na dinâmica da vida inventada entre aperreios e alumbramentos, por aqui temos uma das principais políticas de defesa da vida, da alegria e da comunidade, que é celebrar a sacralidade da brincadeira, colocando crianças na rua correndo atrás de doces. Haverá quem pense que isso não é política, mas sim um modo festivo de celebrar uma data dedicada a devoção aos santos. Eu não só penso o contrário, como disputarei essa defesa.

Penso que a alegria não é uma condição dada, nem tão quanto um fenômeno natural, mas sim uma prática a ser perseguida, lavrada, gerida e compartilhada. A condição humana é percebida como algo semelhante entre seus pares a partir de diferentes modos de expressão da vida. A alegria seria um modo que compreende as tessituras, os vínculos, os cuidados e as partilhas nas relações, em especial as que compreendem o sentido comunitário. Ao longo do tempo, fomos educados, em sentido teológico-político, na escolarização da catequese, a termos o amor como principal virtude da capacidade humana. Porém, esse mesmo amor, se não entendido como prática comunitária, tende a se esvaziar diante da supervalorização da sua face romântica. Em outro ponto, acabamos perdendo o tato com a alegria, como um exercício cotidiano que é lavrado sobre a não garantia de tê-la de imediato, mas sobre a esperança de colhê-la por muitas mãos.

A alegria demanda a existência de corpos vibrantes, brincantes, dispostos e disponíveis. Nesse caso, a relação implica também uma disponibilidade para o trânsito nas diferenças, uma espécie de andarilhagem errante. A brincadeira ergue para a condição humana como um fundamento matricial, uma reivindicação da vivacidade encarnada no corpo, movimento, palavra e ritmo que inventa maneiras de fazer nos mais diferentes espaços e tempos. A finalidade do brincar é o brincar, depois se medem os seus efeitos, que podem ser lidos como fortalecimento das relações entre a memória, comunidade, capacidade de gerir, tratar conflitos, contemplar a vida como algo não somente produtivo, consumível e utilitário.

A alegria é como um quintal que precisa ser cotidianamente cuidado pela brincadeira, abraçado pela vontade de praticá-lo de corpo inteiro, dançando com o trivial e se alumbrando com a grandeza das coisas miúdas. Dessa maneira, a alegria precisa ser também perseguida como uma política de vida. O 27 de setembro, quando lido como um exercício de cultivo à alegria, tece um alinhave forte e preciso entre o fortalecimento da memória e o cuidado comunitário. Em um lugar como o Rio de Janeiro, marcado por contradições, por uma gama de acontecimentos e dinâmicas cotidianas que afastam as crianças da cidade, qual é o outro momento que elas são convidadas a praticar as ruas com seus sons, cores, ritmos, tamanhos e invenções? O pretexto para tamanha folia é a velha e boa expressão "correr atrás de doce".

O dia amanhece e as crianças despertam junto com ele, catam sacolas de mercado, separam as bacias que serão enchidas com o ganhado do dia, esvaziam as mochilas escolares, pois não haverá professora capaz de dar falta na escola e criança com coragem suficiente de se fazer presente. Pernas curtas no mundo e lá irão elas. Estratégias montadas na cabeça, planos que tentam adivinhar os caminhos em que brotarão os saquinhos. No caminho, conta-se com a experiência do ano anterior e principalmente com a sorte. Toda senhora na rua com uma bolsa é suspeita, dali pode sair algo. O carro diminuiu a velocidade, encostou na calçada é suspeito, certamente ali tem algo. Aquele tio que fica de butuca atrás no portão da casa tem mesmo cara de que está querendo chamar a meninada para ganhar um saquinho. Terreiros, escolas de samba e até as portas dos colégios são lugares que, mesmo sem muitos alunos, despertam o interesse em se marcar uma bobeira. Vai que a alegria menina resolve brincar ali.

Dia 27 de setembro é algo único, mundaréu de crianças em peregrinação, doces em formato de coração e saquinhos estrelados vão ficando pelo caminho como vestígio da tamanha beleza e encantamento desse acontecimento. Cismo com a ideia de que mais que brindar os santos meninos, com bolos de jujuba e goles de guaraná, estamos a sacralizar a alegria de tomar as ruas com a festa. Aliás, a festa, mais que uma vocação dos modos de fazer dos aldeados nesse lugar que chamamos Brasil, é uma artimanha política suave e sofisticada de proteção, cuidado, fortalecimento das comunidades e de suas memórias ancestrais. Dessa maneira, entoamos a máxima: Sagrado mesmo é aquilo que se pode brincar.

Partindo da compreensão de que ser devoto é logo não ser santo, muita gente que cultiva a prática de dar doces no dia de São Cosme e São Damião a faz por ser testemunha da fé no rito. Testemunhar o milagre miúdo de tirar sorriso de criança dando doce é muito mais fácil e poderoso do que "tirar o doce da mão da criança". Talvez aí more um dos mistérios desse fuzuê. Vivemos em um mundo que cultiva tempos apressados, na sanha de fazer de tudo um espaço de produção de algo, vamos explorando a nós mesmos em busca por rendimentos e resultados. Infelizmente, a métrica do mundo adulto, medida muitas vezes por desempenho, cansaço, insônia e perda de saúde é também uma métrica que olha para a criança como um lugar, tempo e experiência a ser superada. Quantas vezes ouvimos a clássica expressão: "Eu não estou de brincadeira?". A pergunta que oferto é a seguinte: E se estivermos disponíveis à brincadeira, o que pode vir a ser diferente?

Dia 27 de setembro, a rua será alimentada pela alegria que irá no calço de cada pé miúdo que correr por ela. Que esse riscar o mundo com o "correr atrás de doce" possa alumiar os nossos modos de ser. Que esses modos sejam tocados por esse afeto e possam lembrar das crianças em si, que nunca deixaram de existir, mas que adormecem e precisam ser despertas para sustentar os sonhos ancestrais de ser comunidade.

O MENINO TÁ COM VOCÊ

CAMILA PERLINGEIRO

Aqui no bairro, setembro sempre chega com saquinhos de bala pendurados em mãos de gente que eu não conheço. São Cosme e Damião te varre como um vento doce: você está voltando do mercado, distraída com o preço do ovo e, de repente, uma senhora te atravessa com um sorriso e uma sacola plástica cheia de mariola, suspiro e aquela paçoquinha esmigalhando felicidade no fundo.

Quando eu era menina, achava que aquele açúcar inteiro era um tipo de bênção comestível. Talvez seja. Cresci em outro mundo, de elevador apertado e conversa de adulto sussurrada, onde a fé vinha encadernada. Mas bastava eu virar a esquina para a rua se abrir num terreiro improvisado: uma mesa branca, uma bandeira com fitas coloridas, guaraná morno e o batuque inconfundível querendo conversar com as pernas. Eu, meio desalinhada de pertencimento, chegava devagar, pedindo licença com os olhos, curiosa e atrevida. E foi num setembro assim que conheci o menino. Doum. Aliás, nem conheci de fato: me contaram.

Foi uma moça de vestido florido, rindo baixinho, quem disse: "O menino tá com você." Eu olhei para o lado, por via das dúvidas. "Ele gosta quando você divide o doce." Eu devia ter uns nove anos e uma convicção firme de que jujuba verde era o pior dos sabores, então passei a jujuba verde para o nada, por garantia. Nunca as vermelhas. Anos mais tarde, em outro centro, em outra rua, com outra toalha e outros atabaques, um senhor de chapéu branco confirmou: "Doum te acompanha. Menino pequeno, mas sabido. Vê por baixo da mesa o que você não vê por cima." Eu ri por dentro. Quando os guias falam comigo, têm sempre alguém como intérprete, um amigo do amigo do amigo do céu. E eu, que cresci em língua de livro, fui aprendendo a gostar dessa gramática que vinha sempre em terceira pessoa. Alivia. Tira o peso de quem quer aparecer de sapato. Nessa hora eu entrava descalça.

Entrava de soslaio, descalça e não perguntava muito. Fazia de conta que entendia o básico: São Cosme e São Damião são gêmeos; Doum é o menorzinho, o do meio das imagens, o caçula, o terceiro irmão. Decidi não corrigir e nem contar nos dedos. No terreiro, a matemática tem poesia própria. Passei a andar sempre com um doce no bolso de trás, sem comer. Era meu jeito de carregar companhia. Às vezes derretia, melava e fazia uma rodela de açúcar na roupa. Eu dava de ombros e pensava que, se o menino gostasse, ele acharia graça. Eu também achava.

Teve um dia de chuva em que eu me perdi em um bairro mais distante. Não tipo se perder em literatura, com metáforas bonitas, mas se perder de verdade: ônibus errado, rua estranha e erma, celular sem bateria, a cidade testando meu senso de direção que já veio de fábrica com defeito. Entrei num mercadinho minúsculo só para respirar e, ali dentro, detrás do balcão, a moça abriu uma gaveta e me ofereceu um saco antigo de Cosme e Damião, daqueles com desenho de dois meninos de roupa igual. Estava fora de época; setembro tinha passado dois meses atrás. "Sobrou da última festa", ela sorriu. "Leva." Era para crianças, claro, mas eu levei. Na saída, um senhor apontou: "O ponto do ônibus é na outra esquina, moça." Eu não sabia nem qual era o ônibus. Entrei no primeiro que parou e, aliviada, descobri que era o certo. "Doum te olha", teria dito alguém, se alguém estivesse por perto. Em vez disso, o saquinho de doces chacoalhou no meu colo como quem diz: "Viu?"

Os anos passaram e eu me acostumei aos recados que chegavam atravessados, por outras pessoas. Na Umbanda, comigo, acaba que é sempre assim: um bilhete que chega pelo corredor, bate na porta e pede água. Uma médium que eu nunca tinha visto me chamou de canto: "Ele pede para você dormir com o travesseiro na diagonal." Eu tive vontade de perguntar se era feng shui ou arquitetura invisível, mas só balancei a cabeça. De fato, naquela semana, eu andava acordando com pesadelos desconexos. Mudei o travesseiro e sonhei com um pátio de escola, Cosme e Damião brincando de equilibrar carrinhos em cima de uma mesa, e Doum me puxando pelo punho: "Não corre de ponta-cabeça." Acordei rindo. Descobri que o travesseiro diagonal melhora a coluna o suficiente para eu acreditar em tudo.

Com o tempo, fui crescendo, um pouco de lado ainda. Depois de tantos anos, eu ainda achava que quando eu chegava no terreiro precisava me cobrir com um pano para não ofuscar ninguém. Aprendi a achar o meu lugar bem devagar, como quem sabe que também está aprendendo a dizer bom dia sem tirar o chapéu. Ficava nas beiradas, ajudando a amarrar as fitas, a acender as velas, a encher os copos e a ouvir. Entendi que a minha melhor posição era a do banco discreto: eu não precisava entender tudo; precisava respeitar muito. E respeitar tem música. É ficar em silêncio onde o silêncio é canto e entrar onde te chamam pelo nome simples. "Segura a sacola." Segurei. Um menino baixinho vinha pegando doce por doce e devolvendo um, sempre o que eu mais gostava. Eu dizia "ei!", fingindo indignação e ele ria sem o dente da frente. "Doum é traquina", explicou a tia de turbante. "Mas protege." Tinha mais açúcar na frase do que na sacola.

Criança e adulta, nas tardes de setembro, eu fazia a ronda dos doces. No caminho, ouvia recados: "Ele pede para você não esquecer o guarda-chuva." "Ele ficou satisfeito com aquele gesto." "Ele quer que você guarde uma bala de coco para a sua mãe." Minha mãe nem bala de coco gostava, mas eu guardei. É curioso esse jeito de amizade: como se a mão que te afaga morasse num endereço que não está no mapa, e ainda assim soubesse o caminho da sua casa.

Às vezes eu esquecia as chaves e a vizinha aparecia no hall, do nada, como se o elevador tivesse avisado: "Você, distraída, de novo." Em outro setembro, numa festa de rua, uma criança me deu um pirulito azul, desses que fazem a língua parecer galáxia. "É do meu amigo", falou. Quem? "Um pequeno." Achei que era sobre o irmão dela. Era sobre um irmão meu que não nasceu, pensei de repente.

Durante muitos momentos da minha solitária existência, pensei que Doum fosse também essa companhia que a vida inventa para as coisas que nos faltam. Eu sabia que estava exagerando, mas aguentem: a crônica é parente do exagero. A gente estica o lençol da memória para tentar cobrir os pés.

Quando meu mundo ficou pequeno demais, comecei a frequentar, com mais constância, um centro onde as cadeiras se arranjavam em círculo e as pessoas chegavam com suas histórias embrulhadas em sacolas de feira. Aprendi a pedir licença: para entrar, para sentar, para falar, para chorar. Eu chorava demais. Um dia, uma entidade que não era criança perguntou: "Você sabe que tem um menino com você, né?" Eu sorri, meio íntima, como quem encontra um amigo de infância no caixa do banco. "Sei." "Ele gosta quando você acerta o passo. Você anda muito torta." "Eu ando torta mesmo", confessei, como quem concorda com o espelho porque tem, finalmente, um pano bonito para cobrir o reflexo. "Ele te endireita pelo riso", completou. Mais tarde, saí na rua e dei risada sem motivo até o sinal abrir.

A primeira vez que resolvi distribuir doce em um setembro, eu estava tremendo. Parecia que eu ia apresentar uma tese. Era só abrir a sacola e oferecer um saco. Uma menina recusou a paçoca, pegou bala de coco, depois voltou e trocou. Eu entendi que faz parte da infância permitir indecisão. Eu, que passo parte da vida sem saber se é ali mesmo que eu me sento, adorei a regra número um: pode trocar. A regra número dois, inventei na hora: pode pegar mais um. A terceira, Doum sussurrou por dentro: guarda um para você, porque você ainda é criança em alguns horários. Guardei.

A amizade foi crescendo do meu tamanho, que é tamanho variável: tem dias em que eu caibo no bolso, tem dias em que eu extrapolo o teto. Doum, do seu jeito, não se meteu a me ensinar nada difícil. Ele me ensinou truques simples: atravessar a rua no tempo do sinal, beber água, ficar com os joelhos mornos nas conversas difíceis. E, sobretudo, brincar. Eu gosto de brincar com palavras; ele, com coisas que brilham pouco. Um dia botou na minha mochila uma pedrinha sem graça nenhuma – certeza que achei no chão e esqueci – e, por semanas, tudo que era peso virou um pouco de areia. Quando a vida engrossa, a gente inventa milagres menores, do tamanho de um bolso. É assim que eu entendo a fé: o contrário do espetáculo, o contrário de ficar tirando fotos posadas em redes sociais, o contrário de seguir o hype.

Hoje, em mais um setembro, com muito mais tempo de vida e há muito afastada de tudo o que deveria manter perto, escrevo essas linhas com um pacote de balas ao lado do teclado. Vou me organizar para esse ano, encher o carro com saquinhos de doces e distribuir, porque é setembro de novo e eu nunca mais cumpri essa promessa. Mais uma vez vou atravessar a rua como quem pede licença, vou escolher as esquinas pelo ouvido, guardar uma jujuba verde no bolso de trás. Eu sei que, mesmo solitária, Doum caminha comigo. Às vezes ligeiro, me puxando quando eu distraio; às vezes tonto, me acompanhando quando eu invento muita moda ao mesmo tempo; quase sempre rindo, como quem sabe que a gente só cresce quando lembra que pode ser pequeno. Mas triste, porque eu não estou ouvindo atenta. Mas quando eu aperto o doce no bolso, o açúcar amolece e cola no tecido. Depois dá trabalho para lavar. Eu deixo assim por uns dias. Como um papel-carbono de uma conversa que eu espero que volte.

Se alguém me pergunta no que eu acredito, eu digo que a pergunta é grande e minha resposta tem a altura de um menino. Um menino que cabe na palma da mão e faz cócega na alma. Acredito em quem me cuidou. Acredito no que me puxou de volta quando eu quis ir embora de mim. Acredito em quem inventa atalhos para quem não sabe o caminho. E acredito que, quando eu choro de madrugada e troco o lado do travesseiro para a diagonal, a coluna melhora e o sonho abre um terreiro onde Cosme e Damião dividem o que têm, e Doum, encostado no pé da mesa, dá um recado que só funciona para mim: "Não come a jujuba verde de primeira. Guarda. Alguém vai gostar." Eu guardo. E sigo. Com doçura no bolso e a certeza de que mesmo que eu às vezes não consiga enxergar, mesmo quando eu quero desistir, o menino está sempre comigo.

CIRANDA DE ERÊ

MARCELLA SARUBI

Você já brincou de ciranda com um erê? Eu já. E não foi uma só vez, não. Já rodei e rodei, e rodei, e rodei, e rodei com eles... As mãos entrelaçadas a erês em brincadeiras de roda e cantigas, e girando, e girando, e girando, e girando até tonta ficar. Não era só de roda, não; amarelinha, e passa-anel, e pula-carniça, e telefone sem fio, e jogos que terminavam em gargalhadas soltas de perder o fôlego. Dessas que doem até a barriga, que só crianças, quando mais encantadas, sabem dar. Tudo regado a refrigerante de guaraná.

Sim, eu cirandei com erês (confesso, ainda que cirando). Com eles brinquei, e pulei, e cambalhotei, e dei estrela, e girei de fazer cabeça rodar. Essa é uma história da minha família que eu vou te contar. Vamos abrir a roda. Senta aqui e faz de conta que a gira vai começar.

Fui uma criança da década de 1980. Todo ano, no mês de setembro, além das brincadeiras com amigos, bichos de pelúcia, amigos imaginários e coleguinhas da escola, eu tinha um rolé marcado com eles. Eram erês em polvorosa, que cá vinham nos visitar no rastro de nacos de doces e guloseimas de Cosme e Damião, servidos pela minha família em reuniões que, em nosso clã, os Sarubbi, eram chamadas de Encontro dos Irmãos.

Nasci numa família espiritualista. A mediunidade era presenteada a alguns membros de geração em geração. O anel passava e só um de cada década recebia o dom. Nas semanas que antecediam datas religiosas, como o Natal ou dias de santos de devoção da família, planejamentos circulavam pelos fios do telefone passados entre as matriarcas, tias, avós e primas. Eram os preparativos para mais um Encontro dos Irmãos. Em festa de Cosme e Damião, santos que tinham para si um acasinhado especial no oratório de cada casa, não seria diferente.

A tradição do Encontro dos Irmãos já se desfiava muito antes da minha vez de partilhar. Diz que começou com meus tataravós Maria Rosa (Vovó Maroquinhas) e Benjamin Pereira da Silva (Vovô Paparamin), na década de 1930, à Rua Luis Barbosa, 17, onde moravam em Vila Isabel, Zona Norte do Rio. Maroquinhas e Paparamin realizavam, nas festividades consideradas por eles sagradas, uma sessão de "mesa branca" em casa. Esse costume, mais tarde, incorporado ao calendário oficial da nossa liturgia familiar, virou o Encontro dos Irmãos.

Paparamin e Maroquinhas eram pais de Heloísa, casada com Pedro Sarubbi, um italiano anarquista com origem árabe que, às voltas com a perseguição na Europa, veio para o Brasil em meados da década de 1920. Juntos, tiveram uma penca de filhos: Adonai, Benjamin (meu avô), Lígia, Stênio, Paulo, Diva, Maria, Aída, Marlene e Ana Maria (e depois outra penca de netos, bisnetos, tataranetos, meu filho é um dos membros dessa última geração).

E, assim, o costume se perpetuou e chegou a minha vez de entrar na gira.

Quando eu era criança, as reuniões aconteciam no apartamento em que moravam minhas tias-avós Lígia, Aída e Ana na Tijuca, Zona Norte do Rio de Janeiro. Em dia de Encontro dos Irmãos na casa das "Meninas", como eram chamadas carinhosamente as tias, ao redor da mesa, que ocupava quase toda a sala, encimada por uma toalha branca rendada, os mais velhos tomavam seus lugares. Acomodados pelos sofás, poltronas e pelo chão, outros membros e agregados da família, a primalhada, se apinhoavam aguardando a reunião começar.

As conversas iam diminuindo de volume, aos poucos se ouvia um murmurar acabando aqui e ali, e o silêncio ia tomando o lugar. Tinha início a sessão.

Orações, agradecimentos, preces e rituais correspondentes a que cada período requeria. Depois, por vezes, incorporações, mensagens... até cartas foram escritas em mediunidade em muitas ocasiões (que eram comentadas por semanas em família e guardadas nos oratórios das casas, embaixo de uma imagem de santo. Lembro-me até hoje de cada objeto do oratório da minha avó Glória e, vez ou outra, de surrupiar uma carta psicografada para ler e estar envolta mais uma vez em meu pequeno momento com o sobrenatural).

Passado esse primeiro ato solene, rodeados já por nossas entidades e ancestrais, mais um ou outro primo ou parente começava a incorporar. Era chegada a hora dos passes, quando nós, não iniciados, íamos lá ter dedo de prosa com os espíritos que nos apadrinhavam, receber bênçãos e até puxões de orelha de entidades mais antigas. Sim, já tomei muito pito de entidade. E, mais de uma vez, eram coisas que só eu sabia.

Aquilo tudo me assombrava e me maravilhava. Não um assombro de medo. Era um arrebatamento frente ao místico e orgulho de ser daquela família que comungava com os seus encantados, contava com eles, os celebrava.

Eis que setembro é festa de erê. E festa de erê era sempre mais animada no Encontro dos Irmãos. Além do ritual da "mesa branca" e dos passes, havia a família reunida antes da sessão para ensacar os doces. Era uma delícia, literal e metaforicamente, porque não raro, nós menores, surrupiávamos uma ou outra guloseima ao arrumar os saquinhos. Cansei de esconder embalagens de balas e pirulitos, e pé-de-moleque, e prendinhas debaixo das pernas pra disfarçar o delito.

Tia Marlene, uma das mais novas, conferia todos os saquinhos. Ai de quem colocasse mixaria ali dentro. Mandava voltar e arrumar de novo. A gente obedecia.

E tinha mais na festa de Cosme e Damião dos Sarubbi: os convidados especiais que nos visitavam além das entidades mais antigas, os erês, que de tão especiais só baixavam nesta festa.

Quando os mais velhos encerravam as orações, os erês que já nos rodeavam tinham permissão para se aproximar. A presença era sentida por tios, tias, primos e primas iniciados. E toca de servir refrigerante de guaraná pra Cosme e Damião. E roda a cozinha atrás de pote de açúcar pra fazer criança descer. E a primalhada atrás pra ver santo criança descer. E toca de abençoar a casa e a gente toda com guaraná. E toca adulto comer doce e o sobrenatural *acontecer*.

De repente, lá estavam eles, pela sala, andando entre nós, dando gargalhadas, nos puxando pela mão para a roda. O brilho do olho diferente. O brilho daqueles olhos nos meus.

E, então, eu cirandava com os erês. E ninguém na sala ficava de altos.

Depois de satisfeitos com doces, prendas e toda a brincadeira, eles iam serenando, acalmando, silenciando, e a gente sabia que era hora de se despedir. As mãos se soltavam e, como pé-de-vento, os erês subiam, voltavam para suas dimensões. No ar aquela energia serelepe e alegre ainda redemoinhava.

As décadas passaram, meus avós, tios e tias foram envelhecendo. Ano a ano, eram levados pela roda inevitável do tempo. Primeiro foi meu avô, Benjamin, quem sempre liderava as reuniões. Sua Ibeji (eis o *plot twist*, afinal, há poesia em tudo nesta vida), a irmã gêmea, Lígia, assumiu a posição com o apoio de meus primos. Com ela, igualmente o tempo exigiu seu quinhão e o último Encontro dos Irmãos a que estivemos sob seu comando foi em 2016. Eu estava grávida do meu filho, Benjamin, e queria que, mesmo enrodilhado na barriga, ele pudesse ser apresentado a seus encantados. Eu pressentia que aquele seria o último Encontro dos Irmãos de tia Lígia. E foi.

É mais um setembro. A minha família ainda se agrupa para os preparos dos saquinhos de doces de Cosme e Damião. A menina cirandeira que mora no cômodo mais doce da minha alma sempre ganha um ou outro de lambuja. Minha casa feita de doces. Um mimo de adoçar boca de criança, fazer erê querer girar e Marcella querer de novo cirandar.

Enquanto espero, avalio o que segue comigo dos meus erês e de Cosme e Damião: uma grata devoção. Todos os dias, entrego meu filho aos Ibejis, peço que cuidem dele e de sua saúde, com seus dons medicinais.

Gosto de pensar que nossos erês se reúnem hoje aos meus anciãos, quase todos já encantados, e que, juntos, zelam por nós aqui na Terra sob as bênçãos e interseção de Cosme e Damião e dos outros santos de devoção da família, Santa Bárbara, São Francisco de Assis e Santo Antônio. E eu rogo para que estejam mesmo, pelo amor de Dadá!

Agora eu vou, que está quase na hora da ciranda começar. Afinal, o amor que tu me tinhas nunca foi pouco e nunca se acabou.

COSME E DAMIÃO: ENTRE O DOCE E O SALGADO

FÁBIO CARVALHO

Como ainda é saboroso o dia 27 de setembro! Eu, já um senhor calvo me aproximando da meia idade, me vejo criança grande olhando a correria pelas ruas. Hoje, menos correria que ontem, mas ainda há riso e festa para celebrar os santos gêmeos.

Os subúrbios do Rio são uma Nova Califórnia: a corrida do ouro se faz na busca por saquinhos coloridos carregados de suspiro, maria-mole e bala Juquinha. Os motoristas que tenham atenção, porque a rua é das pequenas e dos pequenos. A excitação causada pelo pico de glicemia não obedece a sinais fechados. Sacolas, bacias ou baldes se tornam alforjes para guardar o espólio das conquistas.

Fui criança no Andaraí, zona norte carioca. Ia com mamãe à missa nesse dia. Pouco me importava com a santa celebração. Eu era mesmo devoto de paçocas e doces de amendoim. O doce de abóbora também apetecia meu infante paladar.

Eu tenho ainda a lembrança de uma época em que a umbanda e o candomblé eram menos demonizados que hoje. Pelo bairro brotavam ibejadas. Filas e mais filas nos centros e terreiros da região. Consultas e bênçãos com os erês. Uma fé brincante onde nossas pequenas mãos, postas em oração e meladas de glacê, nos permitiam chegar mais perto de Zambi.

Eu ia lá no alto do morro em uma tenda muito querida. Daquelas tendas de umbanda que não existem mais ou talvez existam em lugares distantes daqui que desconheço: Tenda Espírita Santo Antônio de Pemba. Lá trabalhavam dona Dulce, Colinha, dona

Nazarena, dona China, minhas avós e tias. Não éramos ligados por laço sanguíneo, mas de alma. Do outro lado da vida, antes dos erês, desciam de Aruanda Pai José, vovó Cambinda e vovó Catarina tirando mau olhado e acertando a espinhela caída. A fumaça da defumação e dos cachimbos das entidades davam um tom etéreo e respeitoso no preparo da gira.

Ainda viva em meus ouvidos há uma melodia: "*Vamos saudar Xangô, são Cosme e São Damião/ bate palmas pra Oxóssi e a virgem da Conceição! / Brincadeira! Vamos brincar! / Todos brincam, vamos brincar!*" Desciam Ritinha, Mariazinha, Pedrinho e outros. A sagrada algazarra começava e durava horas.

Observo hoje o calendário: mais um 27 de setembro. Percebo que minha vida já acumula alguns setembros. O tempo veio e mudou tudo. Levou a minha infância e a nossa tenda. Levou as muitas imagens do congá onde bati cabeça, levou os patuás que recebi para minha proteção, levou o vento que trazia o cheiro forte da arruda presente ali. Levou também minhas avós e tias para junto daquelas entidades que cultuavam. E em meio a essas açucaradas lembranças, percebo o salgado de uma lágrima de saudade.

BEIJADA!

RAQUEL MENEZES

Era um dia comum. Um vinte e sete como qualquer outro. Acordava cedo, religiosamente cedo, como se o relógio interno não permitisse outra escolha. Preparava seu café da manhã carregado na proteína, ritual que aprendia a repetir para manter o corpo em ordem, como se cada dose medida de nutrientes fosse também uma forma de organizar os pensamentos. Colocava a roupa Adidas e ia pagar a dívida que só as redes sociais cobram: suor registrado em stories, o registro do esforço transformado em imagem, a comprovação pública de que estava, mais uma vez, vencendo a preguiça.

De lá mesmo, depois de lavar os cabelos e secar no secador com cuidado quase cerimonial, se aprontava no salto, com seu vestido e blazer impecáveis, para mais um dia na agência perto da praia. O cheiro de maresia sempre a lembrava de que havia mundos para além das paredes de vidro, mas, por ora, o compromisso era ali.

Lá encontraria seu Adilson, da portaria — que já sabia a hora exata em que ela passaria com o mesmo bom dia sonolento. Encontraria também o boy Marcelino, com seu jeito apressado, sempre equilibrando pacotes e sonhos. Encontraria os colegas, cada um com seu jeito particular de enfrentar a rotina, e, sobretudo, encontraria Dona Eliete. A senhora de passos lentos e olhar doce, que todos os anos trazia para ela um pequeno presente embalado em simplicidade: um saquinho de doces.

Quando via Dona Eliete se aproximar, já sentia uma pontada no estômago. Um desconforto que não vinha do presente, mas da memória. Anos e anos proibida de correr atrás de doces, de se lambuzar como os primos e amigos faziam, enquanto ela ficava apenas como espectadora, um pouco à margem da festa.

Naquela manhã, Mariazinha, colega de mesa, percebeu seu incômodo:

— De novo esse saquinho, né? — disse sorrindo.

Ela suspirou, meio sem graça:

— É... todo ano igual. E eu finjo que não me abala. Mas a verdade é que mexe comigo, Mariazinha. Cada doce desses tem gosto de infância que não vivi.

Mariazinha apertou sua mão, cúmplice:

— Então vive agora. Come cada um como se fosse a primeira vez.

As palavras ficaram ecoando.

Lembrava-se das tardes na casa da avó, na Oliveira Belo, quando seus primos chegavam carregados de sacos que logo se transformavam em bacias de guloseimas coloridas. E ela, sempre comedida, aceitava o que vinha dias depois: o "Saquinho de Jesus Doce" comprado na padaria pela irmã mais velha. Era sua compensação. Um consolo tardio.

E agora, depois de tudo isso, era Dona Eliete, sua cliente fiel por sete anos, quem repetia aquele gesto — lhe entregando mais uma vez o que, em outros tempos, lhe fora negado?

Todos os anos eram iguais. Aceitava. Sempre. Ria, constrangida. Sempre. Mas, só de pegar o saquinho em suas mãos, havia algo no olhar, no sorriso contido, que começava a mudar silenciosamente.

Hora do almoço. Sua salada, o peito de frango, a abobrinha cortada com precisão, um ovo cozido no pote de vidro de tampa hermética. Mastigava sua comida balanceada sabendo, no fundo, que o verdadeiro balanço viria a seguir. Abria o saquinho. E lá estava ele: o suspiro. O melhor suspiro é o de saquinho. O primeiro pedaço derretia na boca como um perdão antigo. Cada mordida era uma trégua com a criança que esperou tanto tempo. Maria Mole, bananada, doce de abóbora. Não comia apenas guloseimas: devorava proibições, engolia ausências, compensava silenciosamente os anos de contenção.

À tarde, mandou mensagem para Doum:

— Ganhei doce de saquinho hoje.

— Eita, vai se lambuzar? — ele respondeu, sempre brincalhão.

— Já me lambuzei. É estranho... parece que tô comendo minha infância de volta.

Doum mandou um áudio:

— Então mastiga devagar, pra saborear bem. Cada doce desses é só seu agora. Ninguém te proíbe mais.

Ela riu sozinha. Tinha razão.

As cores do saquinho chamavam sua atenção. Vermelhos, amarelos, marrons e brancos se misturavam em harmonia improvável. Combinavam com as cores do vestido que escolhera usar naquele dia, como se houvesse uma sintonia secreta entre presente e passado. No fim, restava o derradeiro Sonho de Valsa. Comeu com calma, quase cerimonial, e, ao terminar, levantou-se. Escovou os dentes.

Voltou ao atendimento com um Trident sem açúcar na boca e um sorriso leve, discreto. Não era apenas frescor. Era restituição. O sorriso contido na Oliveira Belo, naquele tempo de espera, agora podia enfim ser dado.

Salve!

BEM-TE-VI E A RUA

IVAN COSTA

Se havia um feriado intocável para nossa família, mais que Natal ou São Jorge, era 27 de setembro. Nesse dia eu nunca cogitava trabalhar. Pelo menos desde que a pequena Lu começou a ganhar saquinhos de doce.

A data era tão esperada que, logo depois da Páscoa, ela já começava a contar os dias. O ritual era simples: Esperar na calçada os carros passarem e ficar de olho nos pontos com hora marcada e senha. Esses, segundo a tradição, sempre tinham os melhores saquinhos.

Nosso figurino também tinha regra. Roupa leve, short confortável, camiseta. E pés descalços. Isso era sagrado. Sentir o chão me dava uma liberdade difícil de explicar. A rua pulsava. O axé do dia subia pelos pés.

Carioca de subúrbio já nasce com o Dia dos Erês no DNA. Resolvi então destrinchar esse código.

Fim dos anos 80. Eu e minha mãe morávamos numa vila simples. A entrada era longa, margeada por um terreno baldio. Lá no fundo, uma área de terra batida, guardada por uma mangueira enorme. Ali a gente vivia. Brincava de bola de gude, tampinha, golzinho, pique de todo tipo.

Fim de semana era festa. Churrasco, batata-doce na brasa, banho de mangueira. E, claro, tinha também a curandeira, a Dona Dirce. Morava sozinha, tinha perdido o filho, mas nunca largou a missão de ajudar. Sempre que minha mãe ia pedir uma reza, eu acabava brincando com o Bem-te-vi, seu erê. Minha missão era levar cocada para ele.

No dia de Cosme e Damião, a criançada se amontoava na frente do terreno, afinal muita gente prefere distribuir doce de carro. A competição, então, era braba: Quem juntava mais saquinhos garantia estoque de doce por meses, pro desespero das mães.

Até hoje é assim. Mudou a forma, mas a essência é a mesma. Crianças em bandos, andando de vila em vila, mochilas nas costas.

No ano passado, rolou uma cena marcante. Um carro parou e todo mundo correu na disputa. Logo atrás, outro carro parou. Mas dessa vez, a criança não desceu. Pegou o doce pela janela. Sem se levantar do banco.

A reação foi imediata. As crianças se indignaram. Saíram gritando: "Deixa a criança viver! Deixa a criança correr!". Eram os erês falando através delas.

Por alguns minutos, ficaram ali refletindo. O direito de correr, cair, subir em árvore. Machucar o dedão no golzinho. Sentir a rua nos pés.

Um vento bateu. Elas voltaram à caça dos doces. Olhei pros meus pés descalços. Vi que uma parte de mim ainda estava inteira ali. Pedi umas cocadas pras crianças. Fui até o canteiro mais bonito. E agradeci ao Bem-te-vi por nunca deixar que a vida me afastasse de mim mesmo.

A PATOTA DE COSME NÃO DEIXOU ME DERRUBAR

JÚLIA VILHENA

Tava difícil, confesso. A vida me batendo de frente, cada esquina um comentário torto, cada olhar um julgamento disfarçado. Teve dia que cheguei a pensar que ia enlouquecer, que meu nome ia ser só lama. Mas foi aí que Cosme apareceu, rindo daquele jeito de moleque que apronta, mas nunca faz mal de verdade. Damião veio atrás, ajeitando a camisa, sério como quem sabe que a treta é grande. "Bora, rapaziada", ele disse. E do nada, a rua encheu de menino, a patota chegou. Era como se o céu tivesse mandado reforço.

Eles não só seguraram minha cabeça, eles abriram espaço dentro dela. Fizeram festa no meio da minha tristeza, jogaram bola no campinho do meu pensamento. Cosme trouxe um saquinho de balas e disse que era para adoçar o dia, que amargura nenhuma ia ficar ali. Damião trouxe palavra reta, falou que eu não era aquilo que andavam dizendo. E eu acreditei. Não porque eu sou forte, mas porque eles são.

E olha que a dor veio forte, viu? Não era só fofoca de esquina, era coração despedaçado. Eu tinha apostado tudo naquele amor, e ela jogou fora como se fosse cinza de cigarro. Quando percebeu que não ia ter de volta o que queria, começou a espalhar veneno. Tentou me ligar, mandar mensagem, disse que queria conversar. Mas eu não quis. Não volto. Não depois de tudo.

Teve gente que quis me ver no chão. Levou meu nome para canto escuro, botou vela, jogou palavra pesada. Tentaram me prender no que não era meu, me amarrar em um amor que nunca existiu de verdade. Mas não colou. Minha cabeça é sã. E ficou erguida porque Cosme guardou ela como se fosse troféu. Damião puxou a corda do meu destino, endireitou o nó que quase me sufocava.

Depois daquilo, comecei a ver a vida diferente. Passei a andar de peito aberto, sem medo de olhar no olho de ninguém. A rua virou minha aliada. Cada vez que alguém tentava me jogar no chão, eu lembrava da risada de Cosme, daquele barulho de bola quicando, do coro de "vamo, vamo" que eles faziam. A tristeza até tentava voltar, mas a patota chegava primeiro.

Não vou mentir, ainda dói às vezes. Ainda tem noite que o pensamento pesa. Mas aí escuto Cosme assobiando na minha janela, Damião me chamando pro rolé. A garotada aparece, corre pelo meu peito, e pronto: A escuridão some. Me deram de volta a fé no amanhã, e eu sigo, tropeçando, errante, mas de pé.

E se um dia você me ver rindo sozinho na calçada, saiba: É a patota de Cosme que tá ali comigo. Eles me lembram que nenhum feitiço é mais forte do que um coração guardado por um amigo que não deixa te derrubar. Me lembram que a vida é dura, mas também é brincadeira e riso solto. Pode tentar me prejudicar, pode me caluniar, mas meu amanhã segue protegido. Porque a patota de Cosme não deixou, e não vai deixar, ninguém me derrubar. Ninguém.

Editores
Raquel Menezes
Jorge Marques

Estagiárias
Nicole Bonfim
Júlia Vilhena

Revisão
Oficina Raquel

Ilustração, projeto gráfico e diagramação
Adriana Cataldo | Cataldo Design

www.oficinaraquel.com.br
@oficinaeditora

Dados internacionais de catalogação na publicação (CIP)

D636

Doces de santo, contos de rua / Camila Perlingeiro ... [et al.]. - Rio de Janeiro : Oficina Raquel, 2025.
32 p. ; 21 cm

ISBN 978-85-9500-140-4

1. Contos brasileiros 2. Crônicas brasileiras 3. Cultura popular I. Perlingeiro, Camila.

CDD B869.3
CDU 821.134.3(81)-34

Bibliotecária: Ana Paula Oliveira Jacques / CRB-7 6963

oficina
raquel

Este livro foi composto por Papel Offset 90g
e impresso em setembro de 2025.

QUE ESTE LIVRO DURE ATÉ ANTES DO FIM DO MUNDO.